句集

荊棘

Odoro

Kazuhiro Nakamura

中村和弘

ふらんす堂

目次

荊棘《おどろ》　平成二十四年　5
隕石　平成二十五年〜二十六年　23
湧水　平成二十七年〜二十八年　49
火山島　平成二十九年〜三十年　79
黒潮　平成三十一年〜令和三年　113
一枚の樹皮から――あとがきに代えて　159

句集

荊棘（おどろ）

荊棘《おどろ》

平成二十四年

腑抜けタイヤ山と積みあげ年ゆけり

初春の湯気は神馬の落しもの

注　落しものは糞のこと

液晶の画面に透きて春の蠅

原発の建屋を掠め鳥帰る

防潮壁聳えたちたる桜かな

パイプ椅子耀く下に蝶死せり

毛繕い陰嚢《ふぐり》におよび春の猫

青柿に額打たれて水汲めり

蘭鋳は笛吹くように真昼かな

初夏の生簀の内は波立たず

キリンの脚の巨《おお》き関節夏に入る

烏猫鬼灯市を奔りけり

流木を蹴りて卯の花月夜かな

上潮の泡にまみれし浮巣かな

真桑瓜ひとつ熟れいる草の中

青野にて何か装塡していたり

蝸牛生死不明に乾きおり

南太平洋の捕鯨基地のあった島

夕焼は鯨の骨の背後より

海面に箱の角《つの》出て南吹く

インドにて
瘤牛の瘤を育てし暑さかな

さざ波の滋賀の真昼を蛭泳ぐ

ボイラーの蒸気噴きあげ雲の峰

赤錆の手押しポンプも盛夏なり

石亀の数多浮びて風死せり

蓮の花折れば糸ひく晴間有り

人間の影こそ荊棘《おどろ》夜の秋

荒縄を燃して終る草の市

月光に色を消したる鷹の爪

注　鷹の爪＝唐辛子の一種

芋の葉の筋盛りあがる昼下り

霊山に自然薯掘りし深き穴

鶏頭を抜けば土蔵に罅はしる

蕎麦の花ナウマン象の墓域かな

蔓紅葉鷲の古巣へ届きけり

殺処分の万羽の鶏は花芒

獣毛の毛玉転り盆に入る

親心疼きだしたる厄日かな

ゼッケンの布ざらざらと秋日かな

廃船の底に溜まりて水澄めり

草々の剛の種落つ良夜かな

神前に虎魚のミイラ山眠る

洞窟に木の根の垂れて冬ふかむ

流木の仁王立ちして滝氷る

厳冬のアンデルセンはなお怖し

金色《こんじき》の土佐の海なり鯨来る

隕石

平成二十五年～二十六年

涅槃図の泡にも見ゆる稚貝かな

朧夜の花瓶の水に死臭あり

霊柩車しばらく蝶のまつわれり

水底の土管の見えて燕くる

春月に浮び上りし虚蟹《みなし》

赤紙も遍路も来たる丸木橋

インドにて　六句

朝霧の棘の木ばかり荒野かな

真つ赤なるタンドリーチキン雛まつり

隕石の滑らかにして弥生かな

朝涼のカッチの村に機の音

注　織物で知られるカッチ地方の村

炎天の《ベドウィン》駱駝にゆられ柩くる

熱帯の花粉にまみれ涅槃仏

軍用車輌渋滞しつつ青野かな

ごみ鯰濡らしておけば生きておる

白蟻のひそかに翻る月の縁

太鼓の皮に黒き斑や日の盛り

択捉島《えとろふ》の天日うすきに蛸を干す

動輪の空転見えし雲の峰

地曳網の塵に混りて穴子かな

ゆつさゆつさと駝鳥の駆けて雲の峰

新涼の手斧の鞘のほつれおり

微睡んでいるかに秋津石の上

アスベストほろりと剝れ秋暑し

印刷の音の漏れくる秋簾

立冬の閂太し神輿倉

列島の形にくびれ蓮根かな

靴型のてらてらとして聖夜かな

大寒の畑と磧の境消ゆ

その間にも星あまた死す追儺かな

舟小屋は流砂に埋もれ春立てり

春の大雪念仏堂を潰したり

春キャベツ数個ころがる象舎かな

切株に泡の噴き出て春日かな

大腿骨在りて桜の坂のぼる

国旗無きポール十本囀れり

春興は魚籠《びく》に乾ける鱗かな

枕木はどれも焦げ色麦の秋

甲板の蛸をびりりりと剝したり

沈没の艦船巡り鰹くる

初夏の渚を掘れば稚貝満つ

烏賊すつと色を変えたり夏初月

目ん玉の曇りを舐めて大守宮

密林の吐きし息なり夏霞

海鳥も崖も精悍夏に入る

夏草を宙で一振象の鼻

砂丘の砂ふつと流れて更衣

渓谷は大理石なり夏の光《かげ》

出水跡清水寂《しず》かに湧きており

炎昼の何か倒れし土けむり

富士山のがれ場見えたり雲の峰

インドネシアにて　四句

鮫撃つ銛砂に睡らせ梯梧咲く

鮫撃つ銛舟より長し梯梧咲く

鮫の肉提げて島人老易し

海蛇のぽつりと泡を吐きて消ゆ

沐浴の頭も交り布袋草

麦秋の白濁したるホルマリン

バングラデシュ　三句

糶の声飛んで口開く大鯰

溜池を青粉が覆い村睡る

みな反りしラムー寺院のゴム草履

激震の断層に垂れ蚯蚓かな

大釜を河原に干して七夕来

初秋のホトケドジョウの髭長し

泥団子蒲の穂綿につつまれし

舟小屋の柱を巻きて葛咲けり

白茅の真上に燃えてアンタレス

台風の奥に塩壺冷えており

水槽の魚群は速し台風圏

石臼のごろんごろんは冬の音

国後島《くなしり》の鱒の巨眼に礼《いや》したり

寒肥を撒けば鴉の騒ぎだす

雪壁にあまた突き出て葡萄の枝

大寒のモダンバレエの肋かな

湧水

平成二十七年〜二十八年

初凪のサンゴの殻が足裏刺す

アンモナイトの化石渦巻き初日かな

土壁に車輪の影を初日かな

御降りの臼を濡らしてあがりけり

荒磯に骨正月の貝を剝ぐ

トーテムポールに巨鳥の貌や木々芽吹く

土雛に広目天の眼かな

墳山の泥ながれ来て椿咲く

遺失物山と積まれし桜かな

メキシコにて　二句

密林に虹をかけたる瀑布かな

太陽に枝分かれして蛇の舌

中国にて

長城の果は熱沙にまぎれおり

大鯉の口腔見えし芒種かな

炎昼の隙間に垂れし鼠の尾

炎昼の鼠に乳房ありて死す

土佐犬の引綱太く夏祭

湧水の光をまとい蜘蛛老ゆる

日本の偉才めきたるところてん

ベトナムにて

生涯を椰子の実割りの日焼かな

インドネシア

ボム族の米搗く杵の元気なり

タンカーの水脈もまじりて盆の波

水槽に鱗耀う厄日かな

馬の毛のつよく粘りて秋暑し

鶏頭を殴るがごとき疾風かな

芋虫も落してゆけり山おろし

高床の鼠返しも良夜かな

荒壁に大きな影を竈馬

突堤の釣人すでに月の中

月面の嵐を覗き熟睡《うまい》せり

ギリシャの島にて
檸檬のみ巨大なりしよ神の島

兵馬俑は土に還れず時雨けり

盆栽に白砂青松淑気かな

冬晴れのじいんじいんと傷疼く

冬麗のすとんと落ちし桶の箍

耕運機の轍するどく氷りおり

氷片を鋏んでおりしタラバガニ

大寒のうつすら紅《あか》き鉋屑

熊突の装束残し村消えし

鹿肉に腱ののこりて冬深し

軍鶏の飛びあがりたる椿かな

山をなす瓦礫の隙間下萌ゆる

土壁のどかと崩れて梅咲けり

春の月鷺のコロニー騒がしき

啓蟄のもつとも隅に力石

隕石孔地球にあまた桜咲く

斑鳩の宮に巨《おお》きな落し角

錆舟の気怠く曳かれ花曇り

凡百の穴の尊き干潟かな

海底に熱水湧きて雛祭

海牛の貌の崩れて昼さがり

胎盤を食みつつ鹿の目の澄めり

夏場所の鬢付油匂いたつ

大き泡吐きて鯰の萎みけり

舟板に蛸の吸盤乾きおり

ダム底を醜くさらし旱草

ダム底に川筋現れて旱年

ラオスにて　二句

水牛の力をたのみ天熱し

メコンより湧きしごとくに僧の列

夏の月天狗翔つ岩突き出せり

天平の甍ぶ厚し夏の草

陸揚げの鮫を打ちたる夕立かな

宇宙なお膨張しつつ蚊の声す

荒壁に馬の貌出て麦の秋

爆竹の煙ただよう青田かな

夏鴉運河の泥を啄めり

マイマイ目有肺巻貝かたつむり

牛の鼻輪壁に吊され盆に入る

坐礁船の宙に群れいる秋津かな

昆虫の卵びつしり秋立てり

インドガンガーほとり　二句

水牛の葬に手向けし稲の束

巡礼の足跡さえも蠅群るる

国道に生木の匂う台風過

源流の村は冥《くら》しと星飛べり

新米の夢の中まで吹きこぼれ

金屛に雲棚引きて菊の酒

磯蟹の目の聳ちて九月来る

逃亡者めきて汚れしマスクかな

一条の精神のよう滝氷る

凍滝に身をこじ入れてカワガラス

絶壁の絞り出したる氷柱かな

月光の殺ぎたる山へ鷲帰る

火山島

平成二十九年～三十年

喧嘩独楽鶏舎の網に刺りけり

サイパン島にて

武者絵凧サイパン島にのこりおり

暗黒も物として在り大旦

七草の鼬が鶏を殺しけり

瓦礫はや地層成しつつ野梅咲く

瓦礫よりふわりと来たり春の蠅

汚染土の黒き土嚢に蕨萌ゆ

牛馬喰らう絵馬の鬼入れ花祭り

春荒れの浜に蛸壺ころがれり

烏賊墨の噴射にくもり夏の月

抜け羽根に血《ち》脈《みゃく》の痕や端午くる

荒壁の芯の竹見え蟬しぐれ

鐘撞けばふつと落ちきし蝸牛

鹿の檻に泥の溜りて梅雨深む

火山島に山羊の群れいて南吹く

人体に節《ふし》の多さよ雲の峰

猪のぬた場に跳ねてあめんぼう

水馬の鋼光りに真昼かな

能面の青葦原を映しけり

フランスにて

コンコルド広場に汗疹もらいたり

早苗束舗道に落ちて水吐けり

熊笹に出水のにおい漂えり

一本の櫂に集まり夜光虫

岩盤の老いたる窪に苔の花

水底の朽ち舟見えし秋日和

太刀魚の虹色放ち揚りくる

黄落の激しき樹皮の乾反かな

捨網の硬くなりつつ秋の風

絶壁の倒れんばかり天高し

武甲山の大きく殺がれ秋たてり

狼の頭骨黒く在祭

稲雀大き一羽となりて飛ぶ

金木犀の花屑まとい四手網

鏡月砕きて亀の泳ぎくる

船溜もつとも幽《くら》し十三夜

菊の虫落ちてすぐ死ぬ青天下

海鼠にも骨片在りて冬近し

船腹の貝殺ぎ落とし冬に入る

マンモスの牙に乗りたる冬の月

鰤を撒き散らしつつ鱈揚がる
蟷螂の卵嚢活けて春を待つ
飢えし日の鯨の肝油忘れまじ

神農の虎が留守居の雑貨店

絶壁の冬芽ついばむ猿《ましら》かな

鳥影のふつと毳立つ白障子

凍岩を奪いあうかに海鵜かな

狼の黒き護符はり山眠る

銃眼を覗けば冬の鳥みちる

ナウマン象の化石を寝かす若菜かな

天棚の牛の鈴より春が来る

注　天棚＝炉の上の天井より吊るした棚

馬糞海胆呟くごとく泡放つ

搾乳の湯気もうもうと梅咲けり

落日も落石も容れ春の泥

深海魚渚に崩れ春暑し

湖も雲の中なり種浸す

白魚に跳ぬる力を朝日かな

銃身の青光りして野梅咲く

金子兜太先生を悼む
白梅の青味帯びたり兜太逝く

手押しポンプの鉄気の水に種浸す

動物園にて
禿《はげ》鸛《こう》の微動だにせず水温む

貝寄風の貝より小石艶々す

野遊びの土管の中は雲ばかり

永き日の花輪一脚倒れおり

孕み鹿月の影にも耳たてり

鱶吊られどどと夏潮垂らしけり

巡礼の道を残して天草干す

草鳴りを土間にて聞きし端午かな

紫陽花のすこし浮腫んでいるような

枝先は死鯉にとどき夏柳

籠の鵜の眼炎えいる青葉闇

初夏の気根は土にとどきけり

万緑の羽音は遠きバイクかな

風船の破片はりつく溽暑かな

シャム猫の緑眼つよき熱帯夜

インドにて　二句

蟻塚のもつとも固し炎天下

白犀は死火山のよう晩夏なり

台風のまん中に垂れ自在鉤

不可解な穴もあらわれ盆の道

デラシネの旗のごとくに蔦紅葉

落石の音の谺も霧の中

絶巓の月おそろしき孤島かな

地蔵盆山羊の膝にも座り胼胝

砂山の石英光り良夜かな

鉱滓は捻じれ捻じれて秋の暮

ギリシャにて

修道院は砦をなして冬の月

瓦礫にて最も霜の花盛り

氷瀑は襤褸の如く垂れ下る

北壁を伝い落ちくる鷹の羽根

間歇泉時を規しく冬ざるる

牡蠣殻を砕けば鶏の集れり

寒鱈に北方四島映りおり

毛のごとく砂丘の凹に冬の草

親子月海の色せし天蚕糸買う

黒潮

平成三十一年〜令和三年

ネパールにて

ヒマラヤを火群となせし初日かな

滑走路は海へ消えたり初霞

桜島の火山灰《よな》に挿したる鳥総松

無人島の墓をひきよせ初景色

酒樽の箍青々と淑気かな

張子の岩は燻銀なり初芝居

草食獣の唇厚く春立てり

姫川の雲の中より初音かな

海胆割きてしばらく棘の戦ぎおり

玄室に蒲公英の絮浮びおり

雁風呂は五右衛門がよし錆も浮く

流氷にロシアの土か透けて見ゆ

蟻食の暗き眼にこそ夕桜

大爪の骨の刺りし砂丘かな

少年の胸に負鶏鎮もれり

天体は柩のごとし花吹雪く

戦争の抜けし節穴花まつり

紫雲英田に機影走りてより昏《くら》し

姫川のフォッサマグナに雉子鳴けり

形代の臍の辺りを押して流す

マレーシアにて　二句

マレー語の太太と存り朱欒咲く

鶏を逆さ吊りして市暑し

大鯉の傷に食い込み源五郎

千年の苔に刺さりし松落葉

万象のふつと木耳濡れており

曇天にはや蚊柱の靡きけり

ががんぼの生きている肢《あし》落し去る

夏祭ことに馬体のにおいけり

人体のみな傾きて星涼し

海鳥の骸のまとう夜光虫

大鐘の余韻にのりて藪蚊くる

共食の鯰眺めて昼寝せり

荒壁のにおいたちたる土用かな

大王烏賊の巨眼一瞬火のごとし

魚の腸海へ流して月涼し

黒潮におし流されて七夕竹

馬の鬣握れば熱し盆がくる

外灯に霧の粒子の流れおり

流木が家を貫き秋出水

新月に海亀《かめ》這いし跡直とあり

ピラニアの骨まで透けて良夜かな

陸揚げの巻貝あるく秋の暮

五位鷺の生簀の月を覗きおり

巨《おお》鮫《ざめ》の腹たぶたぶと曳かれ来る

原発の門にのせおく毛糸玉

桜島の噴煙染めて初日かな

神牛の白こそ暗し松の内

初富士を乗せて砂利舟舫いおり

初凪の鳩の骸は羽毛のみ

熊切村字川上の寒卵

寒晴の珊瑚は砂となりゆけり

開拓村の柱の遺る雪の原

奥鬼怒にて　二句

枝移る猿の落とせし涅槃雪

鳥獣の足跡しるき涅槃雪

蜜蜂の骸散らばる春の雪

地平まで樹の根拡がり雪解かな

山巓は雲の中なり辛夷咲く

森森と遺影を掲げ芽吹くかな

コロナ禍にて

病院船となりて全灯春暑し

真平こそが恐ろし鳥帰る

汚染水のタンク増えつつ下萌ゆる

春昼のボルト一本緩みおり

尾の如きものの跳ねつつ消えし春の昼

神牛の喉の皮膚垂れ穀雨かな

生えたては花びらのよう蟹の爪

コロナ禍にて

蟻の巣も土竜の穴も消毒す

琥珀中透けし小虫も暑かろう

万緑の上に城砦崩れおり

筒成して鉋屑跳ぶ端午かな

鶏の血を鶏が啄み土用なり

万緑に胎児のネガを透し見る

山椒魚《はんざき》の創《きず》に藻が生え飼われおり

蛇苺食いし焦土の道現るる

水中の人体白し暑気中り

家猫の欠伸片方に端居かな

長崎の鐘を鳴らせと蟬しぐれ

万緑や土偶に太き妊娠線

船虫の竜宮祭に紛れおり

海中に島育ちつつ夏の月

ライオンは大地に同化風死せり

鶏卵の紅《くれない》の血も土用なり

金亀虫火中にパチと爆ぜしのみ

馬面剝《うまづら》の鑢めく皮晩夏かな

親の来ぬ鴉の雛に蠅群るる

石の狼石の狐に祭来る

ベトナムにて

水牛の角の突き出し茂みかな

エジプトにて

王家の谷の糞ころがしに金の羽根

ハンカチは水分として涙吸う

バリ島にて

バリ島の鬼神華やぎ熱帯夜

洪水の泥にも稲子交尾みおり

ポンペイの馬車の轍に飛蝗死す

チベットにて

鳥葬の岩山現るる月の中

猪の大き足跡無縁墓

鈴虫を壺中に鳴かせ閉じ籠もる

荒壁に影を飛ばして曼殊沙華

たたら踏む馬を先立て在祭

アルマイトどこか凹みて終戦日

掌の現れて菊人形の髪を梳く

片角の大鹿走る時雨かな

ランボーも月の輪熊も撃たれたり

白砂を僅かに吐きて海鼠死す

軍手みな氷柱を生みて飯場なり

船腹の塗装のにおう神無月

ラッパのごとき象のひと声年つまる

大甕に水の溢れし淑気かな

雷神の大きな臍も淑気かな

土竜出て花正月に轢かれおり

海猫の春情めきし声かとも

青空のまわりは暗し野梅咲く

砂浜に凹凸うまれ雨水かな

春水の一滴に揺れものの種

マグマ溜の上かもしれず緋桃咲く

一天に猿声湧きし芽吹谷

汚染土の黒き袋に黄砂染む

徴用の軍馬の塚に霾れり

大岩に鵜の集まりて霾れり

中国にて

長城の駱駝怯えし胡沙嵐

東海の松に片寄せ白子干す

象《ゾウ》亀《ガメ》の皺太太と桜かな

大鯉の屍を容れて花筏

火口湖の青き円盤鶴帰る

磧にも澱の積りて麦の秋

蟹穴に靄のかかりて走り梅雨

潮目には芥連り夏に入る

初夏の貨車より馬の躍り出る

ルビコンのなんと狭しよ敗戦忌

ルビコン＝北イタリアのルビコン河

海底《うなぞこ》に白き蟹群れ良夜かな

一枚の樹皮から――あとがきに代えて

トン、トン、トン、トン、トッ、トッ、トッ、トン、トォン…………。

と、何か打つ音がする。子供達の甲高い声、仔豚の悲鳴に似た声、鶏鳴などに混じり切れ目なく、その音は続いている。

トオン、トオン、トン、トン、トン、トッ、トッ、トッ…………。

単調であるが、柔らかくリズム感がある。その方に視線を向けると、二十メートルほどの距離の所で一人の老人が作業台に向って何かを打っている姿があった。

トン、トン、トッ、トッ、トッ、トッ……。

その音はこの村に入った時から微かに聞こえていたように思う。

そこはラオスの山中、少数民族の数十戸ほどの小さな村落である。ガイド氏にその老人の所に案内してもらい、よく手元を見ると打っているのは木の皮らしい。それを木槌で端から端まで丁寧に打っている。道具らしいのは大小の数本の木槌のみである。しばらく観察していたが何を造ろうとしているのか見当もつかない。

トン、トン、トン、トッ、トッ、トッ。

老人の手使いが優しく繊細である。何を造っているのか、とガイド氏を通して訊ねると、老人は黙って横の棚から筒状に巻いた物を引き出してきた。それをガイド氏と私の見ている前でゆっくり拡げてゆく。

なんとそれは一反ほどもある見事な布地であった。思わず目を見張ってしまった。淡黄色を帯び光沢がある。麻の布を思わせるが、手触りは日本の紙衣に似ていようか。しかし、そのどれとも違うようにも思う。さらに老人は着ている衣服をちょっと抓んでみせた。筒袖の明らかに草木染、襟には刺繍が施されている。

数十センチ四方の樹皮がこんな布地になろうとは誰が想像しえようか。

そろそろこの村を去る時。滞在が二時間と決められている。病気の感染を防ぐためであろう。

心を遺しつつ村をあとにすることとなった。その後訪ねるチャンスもなく、十年ほど経ってしまった。

地球温暖化による気候変動、最も影響をうけるのは自然に寄り添い、生かされてきたあのような少数民族の人々であろう。

満員電車の吊皮に凭れるようにしている折などふと、あの音が空耳のように聞えてくることがある。

トン、トン、トン、トッ、トッ、トッ、トッ、トオン、トン……。

地球温暖化による自然災害、さらにコロナ感染拡大と世はまことにおどろおどろしい。

この度の第四句集『荊棘』の上梓にあたり、栞を執筆下さった堀田季何氏、装釘の間村俊一氏に心から感謝を申し上げたい。

二〇二四年十一月

中村和弘

著者略歴

中村和弘（なかむら・かずひろ）

昭和17年1月15日　静岡県に生れる。
昭和36年　上京、シナリオ、広告論等を学ぶ。
昭和43年　田川飛旅子に師事。飛旅子の紹介で加藤楸邨にも学ぶ。
昭和48年　「陸」創刊より平成11年まで編集を担当。
平成8年　第47回現代俳句協会賞を受賞。
平成12年　平成11年田川飛旅子の逝去により「陸」主宰を継承。
著　書　句集に『蠟涙』『黒船』『中村和弘句集』『東海』等、他共著あり。

現　在　「陸」主宰、現代俳句協会特別顧問
日本文藝家協会会員

現住所　〒174-0056
東京都板橋区志村2-16-33-616

句集 荊棘（おどろ）

二〇二四年一一月二六日第一刷
定価＝本体三〇〇〇円＋税

●著者――中村和弘
●発行者――山岡喜美子
●発行所――ふらんす堂
〒一八二―〇〇〇二 東京都調布市仙川町一―一五―三八―二F
TEL〇三・三三二六・九〇六一 FAX〇三・三三二六・六九一九
ホームページ https://furansudo.com/ E-mail info@furansudo.com
●写真――鬼海弘雄
●装幀――間村俊一
●印刷――日本ハイコム株式会社
●製本――株式会社松岳社

ISBN978-4-7814-1708-0 C0092 ¥3000E